ERRATA:

Page 59 ligne 27 **Au lieu** de Vasco, **lisez:** **Zarco**

Page **63** ligne **25** **Au lieu** de 1380, **lisez:** **1830**

Page 64 ligne 1 **Au lieu** de 1700, **lisez:** 1800

Page 64 ligne 5 **Au lieu** de Vasco, **lisez:** **Zarco**

MNÉMONIE CLASSIQUE

FORMULAIRE

MÉTHODE P. DUGERS & FÉLIX BERNARD

ANCIEN PROFESSEUR DE L'UNIVERSITÉ

INVENTIONS
ET
DÉCOUVERTES

SCIENTIFIQUES, INDUSTRIELLES, ARTISTIQUES, GÉOGRAPHIQUES.

Je rends grâce à Simonide qui
a inventé l'*Art de la Mémoire*.
CICÉRON.

V. VIAUT
42, Rue St-André-des-Arts, 42
PARIS

1874

ÉCOLE PROFESSIONNELLE DU HAVRE.

Depuis vingt ans que je suis dans l'enseignement, j'étais à la recherche d'un moyen simple et facile d'inculquer aux enfants et aux jeunes gens des notions exactes et précises sur l'Histoire générale et sur les Inventions et les Découvertes concernant les arts utiles. Je l'avoue: jusqu'ici mes recherches n'avaient pas été couronnées de succès. *J'ai acquis la preuve* que ce que je considérais comme *impossible* était cependant *fort simple. L'expérience* m'a démontré qu'il y a une méthode mnémonique à l'aide de laquelle on obtient, *en quelques heures*, des résultats *qui tiennent* presque *du prodige*. Que M. Dugers reçoive ici mes remercîments, en même temps que l'expression de ma sincère admiration.

Le directeur de l'Ecole professionnelle du Havre,

P. Léonard.

Petit Séminaire et Collége diocésain de Saint-Lô.

Monsieur,

Vous nous avez si vivement intéressés par l'exposé de votre méthode mnémonique, que j'éprouve un vrai bonheur à vous en adresser le reconnaissant témoignage.

Cette méthode, très-simple, très-naturelle au fond et si artistement élaborée dans la forme, résume avec netteté et précision et met vivement en saillie ce qu'il y a de caractéristique dans chaque grand fait historique, dans chaque invention, dans les écrits de chaque écrivain ou philosophe célèbre.

Tout cela entre facilement et reste profondément gravé dans la mémoire, et, par un procédé ingénieux autant que simple, la date s'attache au fait, à l'invention, au nom du personnage, et se reproduit nécessairement avec lui.

Je ne doute pas, Monsieur, que dans tous les établissements d'éducation où vous vous présenterez, votre visite ne soit un encouragement aux études historiques en même temps qu'une récréation du plus piquant intérêt.

Agréez, Monsieur, avec mes remercîments que je vous renouvelle, les témoignages de ma respectueuse sympathie.

D. MARIOTE, Prêtre,

Directeur du Petit Séminaire de Saint-Lô.

EXPOSÉ DE LA MÉTHODE.

La Mnémonie met l'*étude si difficile* des *Inventions* et des *Découvertes* à la portée même des petits enfants. Les difficultés inextricables que présentent ces notions, à cause des dates dont elles sont hérissées, disparaissent complètement, à l'aide des *Formules mnémoniques*.

Voici trois exemples :

Les Cloches à l'Eglise appellent les **f**i**d**è**l**es.

Le Moulin, sous Clovis, tourne dé**j**a **s**a **r**oue.

Gerbert, par la Vapeur, enfle l'orgue **s**o**n**o**r**e.

Avec ces Formules, toute difficulté d'apprendre les dates disparaît, et voici comment :

Les dates sont figurées par les lettres soulignées dans les derniers mots.

La date des Cloches est dans le mot : **f**i**d**è**l**e.

Dans : **f**i**d**è**l**e *f d l* vaut 325,

Dans : dé**j**a **s**a **r**oue, *j s r* indique 498.

Dans : **s**o**n**o**r**e, *s n r* indique 978.

Ces dates se voient dans ces mots, comme on voit 16 dans le mot **X**a**VI**er.

Le tableau placé à la page suivante, indique les *rapports* convenus entre les *chiffres* et les *consonnes* de l'alphabet. Si les explications sommaires qui l'accompagnent ne suffisent pas, on se reportera à l'exposé de notre *Histoire de France*.

RAPPORTS MNÉMONIQUES

Il faut articuler expressément : *beu, deu, feu, jeu, leu.*

1	2	3	4	5
b p	**d t**	**v** **f ph**	**j g** **ch** (doux)	**l**

Ce tableau présente toutes les articulations du langage réduites à dix groupes d'articulations *sympathiques*. On appelle *articulations sympathiques* celles qui, bien que figurées par des signes différents, comme *b* et *p*, procèdent néanmoins du même mouvement des organes de la parole.

b et p 1.

Le **P** n'est que le **B** plus accentué.

d et t 2.

Le **D** n'est que le **T** moins accentué.

f v ph 3.

Le **F**, le **V**, le **PH** (dites le **PH**eu et non le **P**éa**CH**e), sont la même articulation.

g j ch *doux* 4.

Le **G**, le **J**, le **G** *doux*, sont la même articulation forte ou adoucie : **J**u**G**e : **G**eai, **J**u**CH**é.

l *sec et* l *mouillé* 5.

Le **L** *sec et le* **L** *mouillé* ont même valeur.

RAPPORTS MNÉMONIQUES

Il faut articuler expressément : *meu*, *neu*, *reu*, *seu*, *keu*.

6	7	8	9	0
m	n gn	r	s ç z	k q c (dur). ch (dur). g (dur).

Ce tableau présente toutes les articulations du langage réduites à dix groupes d'articulations *sympathiques*. On appelle *articulations sympathiques* celles qui, bien que figurées par des signes différents, comme *b* et *p*, procèdent néanmoins du même mouvement des organes de la parole.

m 6.

Le **M** n'a point de sympathiques.

n gn 7.

Le **N** *sec ou mouillé* (ag**N**eau) a la même valeur :
Le **G** disparaît dans ag**N**eau.

r 8.

Le **R** n'a point de sympathiques.

ç s z 9.

Le **C**, le **S** et le **Z** (**C**eu, **S**eu, **Z**eu) sont trois sifflantes et ont même valeur.

c *dur*, **k**, **q**, **ch** *dur*, **g** *dur* **o**,

S'articulent également keu :

Ca**C**ao s'articule : **K**a**K**ao. **CH**œur s'articule : **K**œur.
Dans **G**oût, le **G** devient dur et a tellement d'analogie avec le **K**, que les Allemands prononcent : **K**oût.

Les consonnes qui ne sonnent pas (comme le **s** dans *fidèles*), ne sont point des articulations et n'ont point de valeur.

Les consonnes doubles (a**pp**e**ll**e) ne comptent que pour une seule. A**pp**e**ll**e vaut **pl** 15.

Le **n** *ne compte pas dans* a**n** i**n** o**n**.

A**n** i**n** o**n** sont des voyelles nasales.

Quand la date implique l'*unité de mille*, on l'ajoute *soi-même* aux trois chiffres fournis par la formule : *Il n'y a là aucune difficulté*. Etant donné le point de départ (les *Cloches*, vers 325), la clarté se fait à mesure que l'on avance, et l'on ne peut plus se tromper, sous peine de commettre des absurdités qui se dénonceraient elles-mêmes.

On devra commencer par *apprendre, avant tout, la série complète* des formules. En matières *d'Inventions et de Découvertes*, il y en a 80. C'est l'affaire de 10 leçons, à 8 formules par jour. (Les élèves qui les apprendront beaucoup plus vite, ne sont pas rares).

Les *Formules* sues, on les répétera au tableau et chaque Formule deviendra l'objet d'éclaircissements et de développements dans la mesure qu'on jugera convenable.

La seule difficulté à vaincre, dès le début, est celle qui consiste *à lire les dates dans les mots*, c'est-à-dire à bien se pénétrer des *rapports*.

Elle est infiniment moindre que la difficulté de déchiffrer des notes. On y parviendra rapidement à l'aide de quelques exercices. *Les rapports doivent être sus impertubablement, sans aucune hésitation.* Autrement, ce serait comme si, ayant une montre excellente, on hésitait à lire les heures sur le cadran. Il ne doit pas être plus difficile de lire 325 dans **f d l**, que 25 dans **X X V**.

OBSERVATION

Il importe de remarquer qu'il s'agit ici des Inventions et des Découvertes à l'époque où elles se produisent chez nous, en France, et nullement à l'époque où elles ont pu se produire chez d'autres peuples, antérieurement. Ainsi, par exemple, le Moulin existait en Asie de temps immémorial : les Romains l'y connurent et le rapportèrent à Rome, et nous ne négligeons pas de noter cette circonstance; mais ce qui nous intéresse davantage, c'est l'époque où l'usage en fut introduit en France et y constitua un progrès, par rapport aux procédés dont on se servait auparavant pour la trituration du grain.

Pour les temps antérieurs à l'imprimerie, il est parfois difficile de fixer des dates précises. Il arrive assez souvent que les auteurs présentent à cet égard des différences qui, au premier, abord paraissent choquantes. Ces différences tiennent à ce que ces auteurs considèrent les faits dont il s'agit à des points de vue différents. Ainsi, on donne dix dates différentes au sujet de l'imprimerie, selon qu'on prend cette découverte à l'époque où Gutemberg en conçut la première idée, à l'époque où il fit ses premiers essais, à l'époque où il parvint à graver facilement des lettres métalliques mobiles, à l'époque où il quitta Strasbourg pour aller à Mayence recommencer ses travaux dans une direction nouvelle, à l'époque où il forma une association avec Faust et Schœffer. Toutes les fois qu'une invention présente ainsi des phases diverses, nous formulons de préférence la phase où cette invention entre dans le domaine public.

S'agit-il par exemple des vitres? Il est absolument impossible de préciser l'époque où fut inventé l'art de faire les vitres, qu'il ne faut pas confondre avec l'art de faire du verre. On connut le verre bien avant de l'appliquer au vitrage des maisons. Sans doute, il peut être intéressant de rechercher si les Chinois, à qui l'on a l'habitude d'attribuer la connaissance de toutes choses, connaissaient les vitres du temps de Confucius, mais il nous semble bien plus intéressant de rechercher d'abord à quelle époque cette invention se produisit en France et y constitua un progrès précieux, en permettant au soleil et à la lumière d'entrer dans les maisons, sans y laisser pénétrer du même coup les insectes du dehors, les émanations malsaines de la rue, la pluie, le vent et toutes les intempéries des saisons.

Le plus souvent, la précision absolue fait défaut, mais elle n'est heureusement pas indispensable. Il est, par exemple, impossible de fixer d'une manière indubitable à *quel moment* et même *en quelle année* Gerbert découvrit positivement l'orgue à vapeur ; mais une chose est certaine : c'est que Gerbert vivait à la fin du xe siècle, sous les derniers Carlovingiens. Or, la *Vapeur* sous les *Carlovingiens*, voilà les deux termes qui font surtout l'importance du fait, beaucoup plus que la question de savoir la date est bien 978 ou 980.

INTRODUCTION

Avant de commencer l'étude des Inventions et des Découvertes opérées depuis l'origine de notre histoire jusqu'à nos jours, il importe de bien connaître l'état dans lequel se trouva la Gaule, à la suite des invasions des barbares.

Les premiers Germains qui l'envahirent, n'avaient d'autre but que le pillage et la destruction. Tout ce qu'ils ne pouvaient emporter était saccagé ou incendié. Les Francs, qui vinrent à leur suite et qui arrachèrent la Gaule à la domination romaine, après la bataille de Soissons (1), firent moins de ruines, mais leur conquête n'en eut pas moins pour résultat d'anéantir presque entièrement, pour de longs siècles, le commerce et l'industrie. Chateaubriand nous les montre « parés de la dépouille des ours, des veaux marins, des urochs et des sangliers. Ils formaient des camps retranchés, avec des bateaux de cuir et des chariots attelés de grands bœufs. Leur armée se rangeait en un triangle, où l'on ne distinguait qu'une forêt de framées, de peaux de bêtes et de corps demi-nus. » Leur langue, leurs mœurs, leurs coutumes étaient à l'unisson ; ils ne connaissaient d'autre commerce et d'autre industrie que la guerre. Tels étaient les conquérants qui s'emparèrent de la Gaule, et qui, de leur race mêlée à la race gauloise, firent la France. La Gaule ro-

(1) Soissons conquiert la Gaule arrachée aux Romains (486).

maine, en se laissant asservir par eux, essaya bien de les absorber, de les façonner à sa civilisation, mais elle ne put y parvenir : elle fut absorbée elle-même, et les barbares lui inoculèrent leur barbarie.

Tout cependant ne fut pas entièrement englouti. Les modèles, les types, les métiers, les instruments de travail furent pillés, brisés, dispersés, incendiés, anéantis; le travail cessa forcément pendant de longues périodes; il n'y eut plus d'écoles, plus d'apprentissage, il ne se forma plus d'ouvriers; mais il est à remarquer que, dès le début de la conquête, les premiers rois francs ne manquèrent pas de mettre la main sur les ouvriers gallo-romains qu'ils purent trouver pour les utiliser à leur service personnel. Ces rois s'installèrent dans des villas fort commodes, où leurs intendants réunirent tous les métiers utiles à l'entretien des souverains et de leur entourage. Des ateliers furent construits autour du bâtiment principal, pour la fabrication des tissus, pour la cordonnerie, et surtout pour la confection des armes. Ce qui se fit dans les villas royales, se fit également dans les domaines des Leudes Francs, qui devinrent peu à peu les seigneurs, les hauts barons, les grands vassaux du pays conquis. Tous ces barbares quittèrent promptement leurs peaux d'ours et leurs carapaces de veaux-marins pour des vêtements plus commodes. Les rois francs renoncèrent volontiers à se parer de dépouilles d'urochs pour revêtir la chlamyde romaine, chausser des brodequins, et porter des manteaux de soie rouge avec des fleurons d'or. Les traditions de quelques métiers furent donc conservées; mais, en général, tout s'oublia, disparut et fut à recommencer.

L'histoire de France proprement dite, fait connaître la série des luttes douloureuses, des événements politiques et religieux qui marquèrent la renaissance de la civilisation, au milieu de ce chaos. A un point de vue moins élevé, mais non moins intéressant, l'histoire des Inventions et des Découvertes nous montre, soit comment les connaissances disparues furent dégagées de la poussière où elles étaient ensevelies, soit comment de nouvelles connaissances se formèrent; comment l'agriculture, le commerce, l'industrie sortirent du sein des ruines; comment l'étude et le travail contribuèrent à amener la civilisation française au degré d'épanouissement où elle est aujourd'hui.

INVENTIONS, DÉCOUVERTES

ET INSTITUTIONS DIVERSES.

Les Cloches. 325. f d l.

Les Cloches à l'Eglise appellent les fidèles.

L'usage des cloches fut adopté par l'Eglise, après le triomphe du christianisme, avec Constantin, aussitôt que les fidèles purent librement pratiquer le culte. On a, à cet égard, le témoignage de Baronius et d'autres documents dignes de foi.

Antérieurement à cette époque, on se servait de la cloche, à Rome, pour réveiller les esclaves, pour annoncer certaines criées, pour sonner l'heure de l'ouverture et de la fermeture des bains publics.

Le Moulin à eau. 498. g s r.

Le Moulin, sous Clovis, tourne déjà sa roue.

L'usage du moulin à eau commença à se répandre du temps de Clovis. Jusque-là, dans la Gaule, comme dans tout l'empire romain, on ne se servait, pour la trituration des grains, que de moulins à bras, c'est-à-dire munis de meules qu'on faisait mouvoir par des bœufs, par des ânes et surtout par des esclaves.

Les Romains connaissaient bien le moulin à eau; ils l'avaient rapporté de leurs expéditions en Asie, mais ils ne s'en servaient que comme d'un objet de curiosité. On mettait des moulins dans les grands parcs et dans les jardins, pour l'unique plaisir de voir tourbillonner l'eau autour des roues. La surabondance de bras que l'esclavage mettait à la disposition des Romains, pour toutes sortes de travaux, explique pourquoi ils ne songèrent jamais à inventer et à découvrir les forces avec lesquelles les nations modernes trouvent le secret de suppléer aux bras des hommes, ou de leur venir en aide.

L'Orfèvrerie. 628. m d r.

Saint Eloi : Dagobert : un diadème d'or.

Les orfèvres honorent, comme leur patron, saint Eloi qui fut orfèvre et ministre sous Dagobert. Ce fut un grand événement dans la Gaule, quand on apprit que le roi avait un trône et une couronne d'or, œuvres de l'orfèvre saint Eloi.

L'orfévrerie n'était pas un art nouveau; la Gaule l'avait connu et cultivé du temps des Romains, et il y était très-florissant, notamment à Autun, chez les OEduens, où les Vergobrets (magistrats) poudraient leur barbe avec de la limaille d'or. Cet art avait disparu comme out le reste; mais les traditions n'en étaient pas entièrement perdues, et saint Eloi fut le premier qui les restaura et les fit revivre.

L'Alambic. 823. r d v.

L'Alambic en ses flancs forme l'esprit de vin.

Au IXe siècle, les Arabes étaient florissants en Espagne, et ils y cultivaient les sciences et les arts avec un grand éclat. Un grand nombre d'inventions et de découvertes vinrent de chez eux : on peut citer, entre autres, l'Alambic. Les Arabes, fils de l'Orient, étaient très-experts dans l'art de distiller les parfums.

Le Chanvre filé. 932. s v t.

Le Chanvre de Creton file un tissu vanté.

L'art de filer le chanvre fut inventé dans la Gaule par un industriel de Caen, nommé Creton. Le chanvre est une plante originaire de l'Asie. Pendant longtemps, on ne tira de cette fabrication qu'une filasse très-grossière; mais, même dans cet état, elle n'en fut pas moins un immense service rendu auxbarbares qui n'avaient guères jusque-là, pour se couvrir, que des peaux de bêtes.

Les Chiffres arabes. 981. c r b.

Les Chiffres ne sont point de provenance arabe.

C'est par erreur, on le sait aujourd'hui, que l'on a longtemps attribué aux Arabes les chiffres dits *arabes*, dont nous nous servons; mais leur véritable origine est encore controversée.

On les connut en France dès le Xe siècle. Il est curieux de remarquer que l'usage de ces chiffres, malgré les simplifications immenses qu'il devait apporter dans les calculs, ne fut adopté en France que vers l'an 1500;

encore entremêlait-on souvent les deux sytèmes. Ainsi, par exemple, l'on écrivait X¹ X² X³, au lieu de 11, 12, 13. Alphonse V, roi de Castille, et célèbre astronome, passe pour avoir contribué beaucoup à répandre le système dit *arabe*, parmi les chrétiens. Jusqu'à ce qu'il devînt d'un usage universel, la numération romaine fut employée par tous les peuples.

La Gamme. 1022. k d t.

De la Gamme, par Guy, la musique est dotée.

Un moine italien, Guy d'Arezzo, inventa la gamme des sons, jusqu'au *la*. Le *si* y fut ajouté au XVIe siècle, par un musicien nommé Lemaire.

Le Tournois. 1052. k l t.

La Noblesse se ruine en tournois éclatants.

Les Tournois furent les grandes fêtes de la noblesse, au moyen âge, et, en même temps, l'une des causes de sa ruine. Il arriva alors ce qui arrive aujourd'hui pour les fêtes, pour les spectacles, pour les réceptions du monde : ce fut à qui y paraîtrait avec le plus de luxe et d'éclat.

« Les seigneurs, dit une vieille chronique, y venaient portant leurs prés et leurs moulins sur leurs épaules, » c'est-à-dire engageaient ou vendaient leurs biens pour se présenter aux tournois avec de belles châtelaines montées sur de belles haquenées, et suivis d'un grand train de varlets, de pages, d'écuyers, etc. Le commerce et l'industrie profitèrent de tout cela et se développèrent d'autant. Ainsi se formèrent les fortunes des artisans laborieux et industrieux qui devinrent la *bourgeoisie*. On peut faire la même remarque au sujet des Croisades qui vinrent *postérieurement* à l'institution de la chevalerie. Les Croisades mirent sur pied des millions d'hommes. La première seule en compta six cent mille.

Il fallut faire des équipements, des harnachements, des cuirasses, des chaussures, des armes, etc., etc., pour tout ce monde, et, en ce sens encore, les Croisades donnèrent une immense impulsion au commerce et à l'industrie. Des milliers de serfs, de manants, de vilains, s'enrichirent en commerçant, en s'industriant, s'élevèrent à une condition supérieure, et formèrent une classe nouvelle créée par l'intelligence, le travail et l'économie (1).

L'Architecture Romane. 1059. k 1 s.

Le Plein-cintre Roman domine dans l'Église.

De même qu'il y eut une langue *romane* dans laquelle le romain, le gaulois et le germain formaient un mélange où le romain (latin) dominait; de même il y eut, au XIe siècle, une architecture qui s'appela l'architecture *romane*. Elle dérivait de l'art païen; elle avait pour principe la lourde arcade romaine qu'elle modifia, qu'elle rendit plus élégante en en faisant le plein cintre. «Les robustes piliers des églises carlovingiennes s'élancèrent plus légers; les voûtes écrasées devinrent plus hardies, les nefs moins sombres, les tours moins basses. L'air, la lumière entrèrent dans l'édifice plus élancé vers le ciel.» On peut même y trouver la trace de l'ogive, mais seulement dans les voûtes, en vue de la solidité et non de l'agrément.

(1) Les armoiries que le blason enseigne à déchiffrer datent des croisades, ainsi que d'autres Inventions et Découvertes secondaires. Nous n'en faisons point l'objet de formules spéciales. On groupe les dates non formulées autour de celles qui le sont et on est certain de ne pas s'égarer. On n'a pas de dates [certaines, mais on a des dates *appoximatives* suffisantes; on évite les anachronismes choquants.

Le XIe siècle construisit seul 326 églises. Il en avait été bâti 1108 dans les sept siècles précédents. Ce mouvement de l'art religieux fut particulièrement sensible en Normandie. Là s'élevèrent les magnifiques abbayes de Saint-Vandrille, de Jumiége, du Bec, les monastères de Caen, de Rouen, d'Avranches, de Bayeux, de Fécamp et du Mont-Saint-Michel, « au milieu du danger de la mer. »

La lettre de change, 1182. b r d.

Mandat, Lettre de change, inventions lombardes.

On assigne diverses origines à la lettre de change. L'opinion la plus généralement adoptée fait remonter cette invention à l'époque où Philippe-Auguste expulsa de France les juifs Lombards, en 1182. N'ayant point le temps de recouvrer leurs créances, ils imaginèrent de les faire reconnaître par les débiteurs, sous la forme de lettres de change. Ils purent ainsi faire faire leurs recouvrements à distance, par des tiers.

L'Architecture ogivale. 1182. b r d.

L'Ogive, arc gracieux sur la pierre brodé.

Les premières constructions du genre ogival ou gothique, remontent aux dernières années du XIIe siècle. La ligne horizontale était le principe de l'art païen ; la ligne verticale la remplaça comme génératrice de tous les nouveaux ornements. «Le pilier devient un faisceau d'élégantes nervures ; les colonnes s'amincissent pour s'élancer davantage ; la pierre, par toutes les formes qu'elle prend, aspire à monter vers le ciel. L'arcade romane se brise et forme l'*ogive*, deux cercles d'un rayon égal qui se croisent au sommet. » Des ciseaux merveilleux font du granit une véritable broderie de rosaces, de festons et de fleurons.

Pourquoi l'architecture *ogivale* s'appelle-t-elle gothique? C'est ce que rien ne justifie. Ce serait une erreur de croire que cette architecture vient des Goths; les Goths n'ont jamais eu d'architecture. On ne connaît d'eux qu'un monument : c'est le tombeau de leur roi Théodoric le Grand, à Ravenne. La coupole est formée d'une seule pierre de 12 mètres de largeur et de 1 mètre et demi d'épaisseur, et cette construction n'a rien de commun avec l'architecture appelée *gothique*.

Achèvement des cathédrales. 1285. d r l.

La foi couvre le sol de blanches Cathédrales.

C'est surtout au XIIIe siècle, que l'architecture gothique est dans sa période triomphante; c'est le XIIIe siècle qui voit s'achever sous la main de ses grands architectes inconnus, les Notre-Dame de Chartres, de Reims, de Paris, de Dijon, de Rouen, de Sens, d'Amiens, de Strasbourg, etc.

Les miroirs. 1325 f d l.

L'Étamage aux miroirs prête un reflet fidèle.

L'usage du miroir, au commencement du IVe siècle, commençait à se vulgariser. Aucune invention ne fut accueillie avec plus d'empressement. On obtint le miroir à l'aide de l'étamage.

Les anciens ne connaissaient pas le miroir. Les dames romaines se servaient de métaux polis. Les hommes ne se montrèrent pas moins jaloux de la découverte que les femmes. Ils en vinrent un moment jusqu'à porter des miroirs incrustés dans les nœuds de leurs souliers.

Le canon. 1336. f v m.

Le Canon, c'est la mort qu'un tube en feu vomit.

Le canon parut pour la première fois à Crécy,

dans les rangs des Anglais, en 1346; mais l'invention de la poudre est évidemment antérieure à l'époque où l'on s'en servit pour la première fois; 1336, paraît être la date qu'on peut adopter sûrement. On peut croire que dès le début le canon fit plus de bruit que de besogne. Ce ne fut pas le canon, mais une bravoure disciplinée qui fit gagner aux Anglais la bataille de Crécy.

Dès le début, le canon n'était qu'un tube grossier, renforcé de cercles de fer, qui éclatait souvent, et était dangereux pour ceux qui s'en servaient. On raconte que les premiers châtelains contre lesquels on en usa, venaient par dérision, avec une serviette, essuyer sur leurs remparts les taches faites par les projectiles. Vers la fin du XIVe siècle, on fit des *canons à la main*. Cette arme consistait en un tube de fer de 12 à 15 kilogrammes, qu'on chargeait ordinairement avec des balles de fer ou de plomb, et qu'on appuyait sur un chevalet pour assurer la justesse du tir.

Le Tambour. 1347. v ch n.

Le Tambour, par l'Anglais, à Calais vint chez nous.

Le tambour, comme le canon, nous vint des Anglais. Après la bataille de Crécy, ils allèrent mettre le siége devant Calais, et y entrèrent, «tambour battant.» C'est ainsi que les Français apprirent l'usage du tambour.

Cet instrument, sous des formes diverses, était connu des Perses et des Egyptiens. Ils s'en servaient à la guerre. Les Romains en usaient dans leurs fêtes. Ils l'appelaient *typanum*. Dans la Gascogne, cet instrument dont on se sert encore pour faire danser les villageois s'appelle : *lou tympanoun*. En français, nous l'appelons le tambour de basque. « On n'a jamais su pourquoi. »

Les Cartes. 1394. v s g.

Les Cartes — d'un roi fou déridont le visage.

Les cartes furent inventées pendant la démence du roi Charles VI pour le distraire de ses noires mélancolies. Cette invention ne mérite d'être signalée que parce qu'elle donna une certaine impulsion à l'art du dessin et de l'enluminure.

Jean Gobelin. 1436, g f m,

Gobelin, teinturier de lainages fameux.

Le nom de Gobelin vient de la famille des Gobelins, qui était primitivement établie aux bords de la Bièvre, sur l'emplacement où se trouve aujourd'hui notre célèbre manufacture de tapisseries. Au milieu du xve siècle, Jean Gobelin, teinturier en laines, y demeurait et s'était rendu célèbre. Enrichi par son industrie, il avait acquis des propriétés considérables. Colbert, au xviie siècle, acheta l'établissement des Gobelins, le fit agrandir, et y appela les plus habiles artistes.

La Peinture à l'huile. 1455. g l l.

En Peinture, Van Eyck trouve et propage l'huile.

Les frères Van Eyck, de Bruges, inventèrent vers cette époque la peinture à l'huile.

Le Mousquet. 1527. l t n.

Le Mousquet : un canon, un chien, une platine.

Le Mousquet, arme d'origine moscovite (Moscou, mousquet), fut un progrès sur le canon à main. Il était plus maniable, se composait d'un canon de 1 m. 19 cent. et d'une platine, c'est-à-dire d'un ressort qui faisait tomber le chien ou serpentin sur le bassinet. Le chien était pourvu d'une mèche qui mettait le feu à la poudre. Un peu plus tard on substitua la pierre à la mèche. La portée ordinaire du mousquet était de 233 à 292 mètres. On l'appuyait, comme le canon à la main, sur une espèce de fourchette ou de bâton ferré. Sous Louis XIII, il y eut une compagnie célèbre de mousquetaires.

Les dentelles. 1540. l g q.

La Dentelle paraît venir de la Belgique.

La Belgique réclame la priorité de cette industrie, dont les commencements sont fort obscurs. Des documents établissent qu'elle était très-florissante au milieu du XVIIe siècle. On a des estampes de cette époque, représentant les diverses occupations de la vie humaine, et l'on y voit une jeune fille avec un carreau à tiroir sur les genoux, travaillant à la dentelle aux fuseaux.

Sous Colbert, cette industrie devint très-florissante en France. Il y eut un moment où les hommes, sous Louis XIV, portaient des dentelles jusque sur leurs bottes. Toute la valeur de a dentelle vient de la main d'œuvre. Dans une robe du prix de 6,000 francs, comme on en fait à Malines ou à Bayeux, il y a à peine pour 60 francs de fil.

Le Tabac. 1562. l m d.

Nicot mit à la cour le Tabac à la mode.

Le tabac fut importé en France par Jean Nicot, ambassadeur de France en Purtugal. Il fit présent d'une petite quantité de cette plante à Catherine de Médicis, alors régente, sous Charles IX. Catherine la fit mettre en poudre à priser dont elle usa, et les tabatières furent immédiatement à la mode. On appela le tabac : l'*herbe à la reine*. Un prince de la maison de Lorraine, qui était grand prieur, prit également le tabac sous son patronage, et on l'appela l'*herbe du grand prieur*.

L'usage de fumer le tabac ne vint que plus tard, et cet usage fut exclu de la bonne compagnie, tandis que le tabac à priser y était parfaitement reçu. Une certaine manière de secouer les grains qui tombaient sur le jabot, était réputée d'une distinction suprême. On a conté, au sujet de la découverte du tabac, une histoire de chèvres qui le mâchaient et qui devenaient grises; cela se passait dans l'île de Tabacco. Fable pure. Las Cazes rapporte que les Caraïbes, peuples anthropophages des petites Antilles, où les Portugais avaient trouvé le tabac, appelaient les rouleaux qu'ils faisaient de cette plante : *tabaccos*.

Peut-être est-il permis de mettre en doute, dit l'*Encyclopédie médicale*, que l'action du tabac pris modérément soit très-nuisible chez les adultes, parce que l'homme doué de toute son énergie vitale est en état d'opposer à l'influence délétère de la nicotine une puissance très-prononcée de réaction; mais cette influence est réellement désastreuse quand il s'agit de l'enfance et de la jeunesse. A cet âge, le développement incomplet des organes et la grande susceptibilité du système encéphalo-rachidien rend éminemment nuisible l'effet du tabac sur les centres nerveux. La mémoire surtout en est particulièrement atteinte.

Le thé vint de la Chine au début du siècle suivant.

Le Mûrier en France. 1598. 1 s r.

Le Mûrier cultivé nous donne la soierie.

La culture du mûrier et l'élève des vers à soie en France, datent de Sully, le sage ministre de Henri IV. Il donna une impulsion considérable à la soierie lyonnaise, et il facilita la vulgarisation de ce produit, et d'un grand nombre d'autres, en diminuant les droits qu'ils avaient à payer pour circuler dans les provinces.

Les Carosses sous Louis XIV. 1652. m l d.

Les Carosses encor ne servent qu'aux malades.

L'usage du carosse (voiture fermée à quatre roues) fut très-lent à se vulgariser en France. Le premier qui parut à Paris, fut celui avec lequel Ysabeau de Bavière fit son entrée, après son mariage avec Charles VI, et cette nouveauté excita des murmures au lieu de séduire. Le carosse impliquait des habitudes de mollesse qui répugnaient à une race essentiellement vaillante et guerrière.

Sous François Ier il n'y a à Paris que trois carosses : celui de la reine, celui de Diane de Poitiers et celui du maréchal Bois-Dauphin, *parce que le maréchal est impotent*. Sous Henri II, en 1550, les dames de la cour vont encore au Louvre à cheval. Henri IV n'a qu'un carosse pour lui et sa femme. En 1652 nous sommes à la majorité de Louis XIV, et il n'y a encore que les malades, et les impotents, comme le maréchal Bois-Dauphin, qui usent de carosses. Sous la Régence, l'usage des carosses devint à la mode. Il était le signe de la richesse. On disait, comme on dit encore d'un homme qui a de la fortune : *il roule carosse*. Regnard, dans sa comédie du *Joueur*, fait dire à Hector :

Ne serai-je jamais laquais d'un sous-fermier ?

. . . .

Je deviendrais un jour aussi gras que mon maître ;
J'aurais un bon carosse à ressorts bien liants ;
De ma rotondité j'emplirais le dedans.

Le Café. 1656. m l m.

Café, j'aime les feux que ton arôme allume.

L'usage du café commença à se répandre en 1656. On cite souvent le mot de madame de Sévigné qui disait que : « le café passerait comme Racine. » Racine n'est point passé, et madame de Sévigné était trop femme de goût pour s'y méprendre. Quand elle parlait ainsi du café, elle faisait cette figure de rhétorique qui consiste à dire ironiquement le contraire de ce qu'on veut faire entendre.

L'Académie de Musique. 1672. m n t.

Lulli rend à Quinault ses poëmes notés.

L'Académie de musique fut placée par Louis XIV sous la direction de Lulli. Lulli et Quinault sont considérés comme les créateurs de l'opéra en France. Quinault était le poëte, le *librettiste*, Lulli le musicien.

Le Canal des Deux-Mers. 1680. m r q.

Le Canal des Deux Mers par Adam et Riquet.

Il est injuste de nommer Riquet seul comme l'auteur de ce gigantesque travail. L'idée d'un canal unissant l'Océan à la Méditerranée fut d'abord conçue par Adam de Craponne, qui vivait dans la première moitié du XVIe siècle. C'est Adam de Craponne qui mit le premier la main à l'œuvre, et, avant d'avoir pu mener son travail à bonne fin, il fut empoisonné par des entrepreneurs dont il avait dénoncé les malversations. Riquet, après quatorze ans de travaux persévérants, et aidé par Colbert, le grand ministre de Louis XIV, mena à bonne fin l'œuvre d'Adam de Craponne.

La date donnée par la formule est celle de l'inauguration du canal de Languedoc. Riquet était mort six mois auparavant. Deux villes lui ont élevé des statues : Béziers et Toulouse.

Les Aérostats. 1783. n r v.

Montgolfier, le premier, dans les airs nous ravit.

Ce sont les frères Montgolfier qui les premiers ont, en réalité, découvert les aérostats et exécuté cette découverte de la manière la plus simple. La première expérience fut tentée le 5 juin 1783, à Annonay, en présence d'une foule immense.

C'est alors qu'on vit un spectacle nouveau sur la terre, et bien digne d'exciter l'enthousiasme : un globe immense qui s'élevait majestueusement dans les airs et qui semblait s'y soutenir par une puissance invisible.

L'idée de l'aréostat n'a pas été étrangère à l'antiquité, témoin la fable de Dédale qui s'éleva dans les cieux et fut foudroyé par les Dieux jaloux.. En 1670, un jésuite de Brescia, le P. Lana, fit paraître un ouvrage où il indiquait le projet de construction d'un navire qui devait se soutenir et voyager dans l'air. De nos jours, on cherche plus que jamais, et l'on cherchera longtemps encore, probablement, le secret de diriger les ballons à volonté, à travers les courants atmosphériques.

Le Mérinos en France. 1783. n r v.

Le mouton Mérinos par l'Espagne arriva.

Mérinos est le nom d'une race de moutons remarquables par la finesse de leur toison. Elle abonde en Espagne, d'où elle fut introduite en France, par les soins de Daubenton, un célèbre professeur de l'Ecole d'Alfort, qui avait été collaborateur de Buffon.

Cette importation a rendu d'immenses services à l'industrie. La France est aujourd'hui au premier rang, avec la Saxe, pour la fabrication des étoffes de Mérinos.

Le Métier Jacquart. 1815. r b l.

Jacquart, perfectionné par un tisseur habile.

Jacquart est l'inventeur du métier qui porte son nom et qui rend les plus grands services à l'industrie lyonnaise. Il était simple contre-maître à Lyon ; aujourd'hui il a une statue sur la place publique, et jamais honneur ne fut mieux mérité. Mais il est juste que Breton, un modeste tisseur qui l'a perfectionné d'une manière remarquable, ait au moins son nom dans l'histoire à côté de celui de Jacquart.

Les Omnibus. 1828. r t r.

L'Omnibus, véhicule offert aux roturiers.

Les omnibus ne furent créés et mis en circulation à Paris qu'en 1828. Or, Pascal en avait eu l'idée, plus de deux siècles auparavant. Aujourd'hui, ce mode de locomotion, si avantageux et si économique, est usité dans toutes les grandes villes de France, et les plus petites localités ont des omnibus en rapport avec les stations de chemins de fer. Aussi l'industrie des voitures et la production de la race chevaline, qu'on avait cru un moment devoir être presque totalement supprimées par les chemins de fer, ont été seulement déplacées et, au lieu de diminuer, se sont accrues par le fait même de la création des voies ferrées.

Les Puits artésiens. 1833. r v f.

Le Puits artésien creuse la craie à vif.

Le premier puits artésien pratiqué à Paris avec un succès réel, est le fameux puits de Grenelle, foré dans des couches de craie et d'argile imperméables, qui s'étendent sous Paris.

Ce puits, qui mesure 548 mètres de profondeur, donne 4,000 litres par minute. Le forage fut commencé en 1833 par l'ingénieur Mulot, et coûta près de dix années de travail.

Le Daguerréotype. 1839. r v c.

Le Daguerréotype : œuvre ravie aux cieux.

Le Daguerréotype, qui mit sur la voie de la photographie, fut découvert par Daguerre, ingénieur de Paris, et par Niepce, graveur de Châlons-sur-Saône. Cette découverte, la plus admirable de ce siècle, fut rendue publique le 14 août 1839, et le gouvernement décerna une récompense nationale à Daguerre. Niepce était mort sans avoir joui de sa gloire.

La reproduction photographique des objets extérieurs, est obtenue par l'action de la lumière du ciel sur diverses substances chimiques : l'*iodure*, le *collodion*, etc.

L'Éthérisation. 1847. r ch n.

L'Éther livre au scalpel la douleur enchaînée.

En 1847, l'illustre chirurgien Velpeau annonça à l'Académie de médecine que l'éthérisation par l'éther ou par le chloroforme qui est une substance éthérée, a pour résultat d'amener le corps humain à un état d'insensibilité tel qu'on peut le soumettre aux opérations chirurgicales les plus redoutables, sans qu'il en éprouve aucune douleur.

Cette découverte fut faite par Horace Wels, un dentiste américain, qui se fit arracher une dent à lui-même, sans avoir même conscience de l'opération. Appelé à renouveler son expérience à l'hôpital de Boston, il échoua, fut sifflé par les élèves, et se tua de désespoir. Peu d'années après, des instruments plus parfaits ne laissaient aucun doute sur l'efficacité de cette méthode dite « anesthésique », c'est-à-dire qui supprime la douleur.

L'ÉCLAIRAGE.

Des torches de bois résineux furent le premier moyen dont les hommes se servirent pour produire la lumière. Les premières civilisations connues firent usage de l'huile et de la cire qui est le résidu du miel. Les appareils étaient bien simples : l'huile brûlait au moyen d'une mèche de coton, imbibée de ce liquide, dans de simples réservoirs de cuivre, de bronze, d'or ou d'argent, et ce mode d'éclairage suffisait pour donner une belle clarté avec des huiles fines comme en produisaient et comme en produisent encore l'Italie et la Grèce, en grande abondance. En Italie encore, même dans les ménages aisés, on n'a pas d'autre appareil que la lampe romaine, et y l'on brûle les mêmes huiles d'olive dont on se sert pour la cuisine, ce qui s'explique par leur extrême bon marché. C'est pour la même raison que les murs extérieurs comme intérieurs de la plupart des maisons, sont peints de brillantes couleurs à l'huile. Dans la Gaule (sauf quelques parties méridionales), on n'avait pas le même avantage ; aussi l'éclairage, pour les gens de fortune médiocre, était-il insupportable. On brûlait de petites chandelles de résine fumeuses, tenues par une petite tige de bois, fendue en deux, qu'on fixait sous le manteau de la cheminée. Il y a à peine vingt-cinq ans, cet éclairage était encore celui de la très-grande majorité des paysans, des artisans et des petits bourgeois, notamment dans le Languedoc, dans la Guyenne et dans la Gascogne. On brûlait également, dans une lampe qui n'était qu'un godet de cuivre à bec, des huiles infectes, d'une clarté trouble, rougeâtre, dont la fumée noire salissait les murs et les plafonds. Aujourd'hui, les moins fortunés brûlent à bon marché des bougies stéariques, et, mieux encore, des huiles industrielles d'une très-belle clarté, dont les appareils sont ingénieux et commodes. Tout cela constitue, en matière d'éclairage, un confortable, dont les grands seigneurs n'avaient l'équivalent, il y a à peine soixante ans, qu'à des prix très-élevés.

Les Chandelles de suif. 1369. f m s.

Le Suif sert à former la Chandelle fumeuse.

Ce fut seulement dans la seconde moitié du XIVe siècle, qu'on imagina de fondre la graisse qui s'accumule dans le tube intestinal du mouton et d'en faire des chandelles de suif.

Cet éclairage, beaucoup moins cher que l'huile et la cire, devint l'éclairage de la bourgeoisie. Ce fut un progrés réel, quoique la chandelle de suif eût de grands inconvénients, tant qu'on ne connut pas les procédés que nous avons aujourd'hui, pour épurer la graisse et la désinfecter.

Le Quinquet, éclairage à l'huile. 1786. n r m.

L'Eclairage au Quinquet eut un succès énorme.

Vers la fin du XVIIIe siècle seulement, un industriel, nommé Quinquet, inventa un appareil qui apporta une immense amélioration dans l'éclairage à l'huile, et qui s'appela le *Quinquet*. Un physicien génevois, Argand, venait d'inventer la cheminée de verre (les verres de lampe) et les mèches circulaires de coton. Quinquet profita de cette invention, et porta un grand perfectionnement dans l'art de l'éclairage, au moyen de lampes.

Un seul défaut, mais très-grave, gênait la lumière : le réservoir d'huile était placé au-dessus du niveau de la mèche éclairante et disposé latéralement. Ce réservoir projetait une ombre, de telle sorte que le quinquet n'éclairait que d'un côté. On fit beaucoup d'essais inutiles, pendant quatorze ans, pour faire disparaître cet inconvénient.

La Lampe Carcel. 1800. r q q.

Les Lampes de Carcel détrônèrent quinquet.

La lampe Carcel fit disparaître les inconvénients du quinquet et le détrôna. Carcel est le nom de l'inventeur. Il était horloger à Paris. Il plaça le réservoir *au-dessous* du bec à combustion. Un rouage faisait monter régulièrement l'huile à la mèche et permettait de brûler à blanc. Toute projection d'ombre fut ainsi évitée, et la lampe put éclairer toutes les parties d'un appartement.

Carcel mourut sans avoir retiré aucun bénéfice de son importante invention. M. Franchose, mécanicien, est l'auteur d'un perfectionnement, qui a fait donner à la lampe Carcel le nom de *Lampe modérateur*. Cette lampe paraît porter l'éclairage à l'huile à son plus haut degré possible de perfection.

L'Éclairage au Gaz. 814. r p g.

Le Bon trouva le gaz, Winsor le propagea.

Philippe Le Bon, ingénieur français, né à Brachet (Haute-Marne), eut le premier l'idée de l'*éclairage au gaz*, en utilisant les gaz provenant de la distillation du bois, lesquels sont inflammables et doués d'un certain pouvoir éclairant; mais le gaz produit par Le Bon, dans l'origine, était fétide et sa combustion avait des effets nuisibles.

Il porta sa découverte en Angleterre. Un ingénieur anglais, Winsor, connut les procédés de Le Bon, les perfectionna, sut trouver le moyen d'épurer le gaz, et vint en France faire adopter cette magnifique industrie. Les intérêts que menaçait la découverte du gaz lui suscitèrent des luttes où il se ruina.

Le Pétrole. 1858. r l r.

L'Amérique en ses flancs trouva les pétrolières.

Les gisements du pétrole ont été découverts en Amérique, en 1858, avec une grande abondance. Ce liquide se prête admirablement à l'éclairage, et son bas prix l'a fait promptement accepter en Europe. Le pétrole a déjà détrôné l'huile de schiste et les autres éclairages liquides pour l'éclairage des ateliers, et tout annonce qu'il s'appliquera aussi à l'éclairage de luxe.

INSTRUMENTS DE PRÉCISION.

La Boussole. 1180. b r q.

La Boussole à travers les flots guide la barque.

La boussole a été connue pour la première fois en Europe, vers la fin du XIIe siècle, après les premières croisades. M. Louis Figuier cite un document daté de 1180, qui l'établit, sans aucun doute.

Un troubadour français, Guyot de Provins, décrit :

Une pierre laide et brunière
Où li fer voulentiers se joint.

L'aiguille aimantée par la *pierre laide* et *brunière*, et placée librement et horizontalement sur un pivot, conserve toujours la même direction : celle du nord au sud. Les peuples de la plus haute antiquité paraissent avoir connu la boussole. Elle dirigeait les navires du roi Salomon.

Les Lunettes. 1290. d s q.

La Lunette à nos yeux prête un lumineux disque.

Les lunettes paraissent avoir été inventées en Italie, par un italien nommé Salvino. On les appela les *bésicles*. L'usage en fut connu, en France, vers la fin du XIIIe siècle. Le mot *bésicles* vient de la langue d'Oc. En Languedoc, *j'y vois clair*, se dit encore aujourd'hui, *bési clar*.

Les anciens ne connaissaient point les lunettes. C'est ce qu'ignorait un peintre italien, nommé *Luis Cigoli* qui dans un tableau de la Présentation au Temple, a figuré naïvement le vieillard Siméon avec des bésicles.

Le Thermomètre. 1628. m t r.

Galilée inventa, dit-on, le Thermomètre.

Les thermomètres sont des instruments destinés à mesurer les variations de la température. L'invention date du XVIIe siècle, mais on ignore positivement le nom du savant auquel en revient l'honneur. Généralement, on s'accorde à l'attribuer à Galilée. Ce qui est certain, c'est qu'on ne se trompe pas, en la plaçant au commencement du XVIIe siècle.

Les thermomètres forment une famille scientifique très-nombreuse : Il y a le thermomètre Réaumur, le thermomètre Farenheit, le thermomètre Walferdin, dit *à renversement*, qui fut longtemps le plus complet, et que Bréguet a perfectionné.

Le Baromètre. 1647. m g n.

Baromètre, instrument que Pascal imagine.

Le baromètre fut inventé par Pascal Il développa la théorie de cet instrument dans une lettre à son beau-frère Périer, en novembre 1647.

Le Télescope de Zeucchi. 1652. m l t.

Télescope Zeucchi : grossissement lointain.

Cette formule est une manière d'exprimer que le télescope réfléchit les objets lointains, en les grossissant. La première idée d'un instrument de ce genre fut émise, en 1652, par le P. Zeucchi, dans un ouvrage imprimé à Lyon. Ce savant raconte qu'il lui vint à la pensée d'employer des miroirs concaves de métal, pour le grossissement des corps très-éloignés.

Le télescope de Zeucchi n'était que le perfectionnement des lunettes d'approche, qui avaient été inventées sept ans auparavant, par un effet du hasard.

Le Télescope d'Herschell. 1786. n r m.

Herschell fit aux Anglais un télescope énorme.

Le télescope d'Herschell est le plus grand télescope connu. Le télescope est un instrument d'optique qui rapproche les distances éloignées, et sert particulièrement en astronomie, pour observer les astres. Herschell fit construire un miroir métallique de 1 m. 47 de diamètre, placé au fond d'un tuyau de 12 m. de longueur. Le grossissement pouvait s'élever jusqu'à 6,000 fois le diamètre du corps observé. Afin de donner au télescope l'inclinaison convenable pour chaque observation, il avait fallu établir un immense appareil de mats, de cordages et de poulies. A l'extrémité de l'énorme tube, était suspendue une plate-forme, sur laquelle l'observateur se plaçait pour étudier l'image reproduite sur le miroir. Cette expérience gigantesque fut faite à Londres. Ce fut le roi d'Angleterre, Georges III, qui se chargea des dépenses du télescope monstre.

Herschell avait commencé par être un simple musicien hanovrien, sans fortune. Il apprit la mécanique pour construire lui-même ses instruments. En 1786 il avait déjà construit plus de 400 miroirs réflecteurs pour les télescopes. Il découvrit la planète Uranus, située aux confins du système solaire.

L'HORLOGERIE.

Les peuples primitifs prenaient quelque idée du temps à l'aide de l'ombre des grands arbres. On se donnait rendez-vous pour le moment où l'ombre serait à tel ou tel endroit. Nous disons : « Quelle heure est-il? » Les anciens disaient : « Quelle ombre est-il? » Puis on imagina de se guider sur l'ombre d'un bâton, planté verticalement dans le sable. Le bâton devint ensuite le *gnomon*, ou *style*, espèce de colonne combinée de manière à indiquer par son ombre, selon la hauteur du soleil au-dessus de l'horizon, le midi vrai pour le retour des saisons et la longueur de l'année. Le *cadran* solaire est le *gnomon* perfectionné, donnant plus exactement les subdivisions du jour.

Moins d'un siècle avant J.-C., le premier cadran solaire *public*, fut élevé à Rome sur le Forum. Un personnage d'une comédie de Plaute, célèbre auteur comique romain, s'exprime en ces termes : « Puissent les dieux perdre celui qui a le premier apporté cette horloge ! Autrefois, la faim était pour moi le meilleur avertissement; aujourd'hui, je ne puis manger que quand il plaît au soleil. » On envoyait un esclave regarder l'heure sur la place, mais le régulateur, le soleil, ne se montrait pas toujours, et la nuit, quand les étoiles étaient cachées par les nuages, on était réduit à des conjectures. Une société commerciale, industrielle, affairée comme la nôtre, ne pourrait pas exister dans de pareilles conditions. Au cadran solaire succédèrent le *Sablier* et la *Clepsydre*. De l'eau, renfermée dans un vase supérieur, filtrait par un étroit passage dans un vase inférieur. L'intervalle entre le moment où le vase d'en haut commençait à s'écouler, jusqu'au moment où le vase d'en bas était plein, mesurait *une fraction du temps*, comme l'intervalle qui s'écoule entre le moment où l'aiguille part d'un point du cadran et le moment où elle y revient, mesure une heure. Le vase à eau dont on se servait pour cette opération, s'appelait la *Clepsydre*. La même opération se faisait avec du sable ; l'instrument s'appelait le sablier. L'horlogerie des anciens se borna à des clepsydres plus ou moins perfectionnées. Il y en eut de monumentales. La Gaule romaine n'était ni plus ni moins avancée à cet égard que le reste du monde romain. On peut penser que les monuments publics de cette nature, qu'elle possédait, n'échappèrent pas aux destructions des barbares

A partir des invasions des barbares, jusqu'au XIVe siècle, c'est-à-dire pendant mille ans, il est difficile de savoir comment le temps se mesurait dans la Gaule. On sait seulement que lorsque le kalife Haroun-al-Raschid envoya à Charlemagne une horloge hydraulique, c'est-à-dire mue par l'eau, comme un moulin, elle excita l'admiration universelle.

Au commencement du XIe siècle, on rapporta de chez les Arabes une horloge à poids, comme les anciens tourne-broches, qu'on voit encore dans plus d'une maison. Plus de trois siècles et demi s'écoulèrent avant l'apparition de la première horloge connue, à Paris.

L'horloge de Charles V. 1369. f m s.

Vic fit pour Charles V une Horloge fameuse.

Henri de Vic, horloger allemand, fit pour Charles V, qui protégeait volontiers les arts et les sciences, un horloge qui fut un grand événement à Paris. C'était la première qu'on voyait. Elle fut placée sur la Tour du palais du roi (aujourd'hui le *Palais-de-Justice*), où Charles V avait fait placer une bibliothèque. Cette tour s'appelait spécialement : *La Tour de la librairie.*

Au XVIe siècle, presque toutes les villes eurent des horloges publiques surchargées de complications curieuses dont il reste encore des spécimens. Le même mécanisme qui faisait sonner l'heure, faisait mouvoir des défilés de processions de bonshommes grotesques, des Jacquemart qui frappaient des cloches, mais tout cela était loin d'avoir une précision et une régularité suffisantes. C'est au XVIIe siècle que l'horlogerie devient un art sérieux. Jusqu'au milieu du XVIIe siècle, en 1656, le ablier était encore en usage à la Sorbonne.

Le Pendule. Huyghens. 1672. m n t.

Le Pendule d'Huyghens précise les minutes.

Huyghens (hollandais), est le mécanicien qui donna aux horloges beaucoup plus de précision en appliquant à leur mécanisme le pendule dont la théorie avait été découverte par Galilée, quelques années auparavant. Ce savant fut attiré en France par Colbert, et admis à l'Académie francaise.

Un courtisan à qui Louis XIV demandait l'heure, lui avait répondu en s'inclinant : « *Sire il est l'heure qu'il plaît à votre majesté.* » Louis XIV n'en était pas parfaitement convaincu, et il préféra s'en rapporter à Huyghens du soin de régler ses pendules. Huyghens inventa aussi un agent de régularité qu'on appelle en horlogerie *le spiral*. Mais il y avait encore beaucoup de progrès à accomplir. Aujourd'hui, quiconque a dans son gousset une montre de 30 francs, est mieux renseigné sur l'heure que ne l'était lui-même Louis XIV, « le roi soleil. »

L'Horloge marine. 758. n l r.

L'Horloge d'Harrisson aux marins donne l'heure.

L'horloge marine est un instrument d'une telle précision, que ses écarts ne dépassent pas deux minutes de temps, après quarante-deux jours de traversée en mer, au milieu des oscillations suscitées par les vagues et par les tempêtes.

Cette horloge avait été mise au concours par le Parlement anglais sur la proposition de Newton ; un prix de 20,000 livres sterling, environ 500,000 fr., y était attaché. Harrisson, un très-habile mécanicien, qui avait commencé par être un simple charpentier de village, présenta un chronomètre réalisant le problème ; néanmoins on lui fit attendre quatre ans la récompense promise ; il avait 75 ans quand il la reçut. Le chronomètre Harrisson bat la demi-seconde ; il fait 14,400 oscillations par heure, soit 345,600 oscillations par jour ; il subit les températures les plus diverses, passe par toutes les vicissitudes des plus longs voyages maritimes, et ne varie que de quelques secondes. Les vaisseaux sont détruits par la tempête, le chronomètre marque ses demi-secondes imperturbablement.

LE VERRE. L'ÉMAIL. LA PORCELAINE.

Il est impossible d'assigner à la découverte du verre une date précise. Les Egyptiens le connaissaient. On trouve dans leurs vieilles catacombes des momies portant des colliers et des bracelets en verre taillé et doré. La fabrication du verre était à Rome une industrie considérable. Les Romains connaissaient l'art de combiner le verre (les lentilles), de manière à produire les phénomènes du grossissement que nous obtenons aujourd'hui à l'aide de la loupe et du microscope. Ils en tiraient parti pour l'écriture, à laquelle certains calligraphes donnaient des proportions microscopiques, et pour la gravure des camées ; mais leurs instruments d'optique étaient extrêmement élémentaires et n'avaient qu'une portée très-médiocre. Ils connaissaient aussi l'art de colorer la pâte du verre dont ils faisaient des carreaux de diverses couleurs et des mosaïques. Quant à leur *peinture en verre*, elle constituait tout au plus l'art du vitrier, et n'avait rien de commun avec la *peinture sur verre*, à laquelle nos maîtres verriers du moyen âge donnèrent un si grand éclat.

La Peinture sur verre. 1128. p t r.

L'art du maître Verrier s'élève à l'art du peintre.

Les maîtres verriers du moyen âge furent de véritables peintres ; jusque là il n'y avait que des vitriers. On teignait le verre dans sa pâte, et on en faisait de petits carreaux blancs, rouges, bleus, verts, jaunes. C'était la peinture *en verre*, si commune chez les Romains. Les maîtres et verriers du XIIe siècle inventèrent la peinture *sur verre*, c'est-à-dire l'art de peindre au pinceau sur la surface du verre, avec des couleurs vitrifiables, et d'appliquer un émail d'or et d'argent sur des surfaces étendues.

La peinture sur verre se marie admirablement à l'architecture ogivale des splendides cathédrales du moyen âge. Elle se développa avec un éclat infini jusqu'au XVIIe siècle. Les plus célèbres maîtres verriers furent maître Claude et frère Guillaume, de Marseille, que Léon X appela à Rome pour décorer la cathédrale du Vatican, d'après les cartons de Raphaël ; Jean de Molles, de Gascogne, qui exécuta les merveilleux vitraux de la cathédrale d'Auch ; Robert Pinaigrier et Nicolas Pinaigrier, son petit-fils, Jean Cousin, Bernard Palissy. Cet art fut tenu en si haute estime qu'il devint un titre à la noblesse. L'art de la peinture sur verre, dont la décadence fut complète au XVIIIe siècle, s'est relevé aujourd'hui ; il est même supérieur pour le dessin, mais il n'atteint peut-être pas au même degré de vivacité et d'éclat.

Les Vitres. 1356. f l m.

Les vitres du soleil vulgarisent la flamme.

Les vitres furent un grand service rendu à l'humanité. Elles permirent de défendre l'intérieur des maisons contre la poussière, les insectes et les intempéries, sans intercepter en même temps la lumière et la chaleur du soleil. Une des principales causes des maladies qui décimaient périodiquement nos ancêtres, au moyen âge, devait par là être considérablement affaiblie.

A la fin du XIIIe siècle, l'usage des vitres n'existait encore que pour les châteaux et les demeures seigneuriales. A mesure que la bourgeoisie se forma et s'enrichit par le commerce et par l'industrie, on vit apparaître des vitres aux fenêtres des demeures bourgeoises. Elles étaient bien grossières et enchassées dans de petits carrés formés avec des tiges de plomb. Il y a moins d'un demi-siècle, on voyait encore dans les villes, et à plus forte raison dans les villages, des milliers de maisons dont les fenêtres étroites et basses étaient fermées par des chassis garnis d'une toile grossière ou de carreaux d'un verre verdâtre, à peine transparent, qui ressemblait exactement à des fonds de bouteille. Les logis des pauvres étaient percés çà et là de quelques lucarnes par où pénétrait la lumière et sortait la fumée. Les échoppes avaient des carreaux de papier huilé. De temps en temps, ils craquaient avec un bruit énorme, et laissaient passer la tête narquoise de quelque écolier qui demandait au maître du logis : *Quelle heure est-il, s'il vous plaît?*

Bernard Palissy. 1539. 1 f c.

Palissy trouva l'art d'émailler la faïence.

Bernard de Palissy, célèbre potier de terre, né dans l'Agenois, entreprit, **en 1539**, de découvrir le secret de l'émail, dont on se servait alors en Italie pour faire de beaux ouvrages de faïence. — Il y parvint au prix de sacrifices qui le réduisirent à la misère. N'ayant plus d'argent, il faisait brûler jusqu'à ses meubles pour chauffer le four qui cuisait ses chefs-d'œuvre. Cet art ravissant ne s'est point maintenu à la hauteur où il l'avait élevé. Palissy a aujourd'hui des statues sur nos places publiques.

La Porcelaine, 1744, n ch g.

Porcelaine et dragons en Pologne échangés.

La porcelaine, venue du Japon et de la Chine, fut reçue avec enthousiasme, en Allemagne d'abord, et voici une preuve bien curieuse du prix qu'on attachait à ce produit. En 1744, le roi de Prusse, Frédéric le Grand, donna à Auguste, roi de Pologne, un régiment de dragons, en échange de quatre rouleaux de porcelaine.

Le Kaolin, 1765, m n l.

Le Kaolin durcit la porcelaine molle.

L'ère véritable de la porcelaine, en France, date de la découverte du kaolin de Limoges. Le kaolin est une argile avec laquelle on peut fabriquer de la porcelaine dure, tandis que l'on n'avait jusques-là que de la porcelaine molle, tendre, dont la pâte et l'émail manquaient de solidité et de dureté.

Ce fut après la découverte du kaolin que la porcelaine devint, entre les mains d'ouvriers habiles, un art intermédiaire entre la sculpture et la peinture. Cet art charmant s'épanouit avec un éclat incomparable sous Louis XV, et l'on a dit, avec raison, qu'il eut de l'esprit. Jamais la gravure n'a reproduit plus finement les airs maniérés des marquises du temps, la pesanteur des gens de finance, la tournure grotesque des médecins, la gravité gourmée des gens de justice. Cet art est perdu de nos jours, et les porcelaines Louis XV s'achètent à prix d'or.

PLUME. ÉCRITURE. IMPRIMERIE.

Les anciens écrivaient avec des stylets, sur des lames malléables extrêmement minces, ce qui constituait plutôt une gravure qu'une écriture. Ils traçaient aussi leurs caractères sur du papyrus, une sorte de papier fait d'une plante textile recueillie en Egypte. Ils avaient aussi le parchemin, *pergamin*, inventé à Pergame. Il y avait chez eux des calligraphes qui donnaient à leur écriture une finesse extraordinaire. Elien en cite un qui, après avoir écrit un dystique (deux vers) en lettres d'or, le renfermait dans un grain de blé. Un autre traçait des vers d'Homère sur un grain de millet. Pline raconte que Cicéron avait vu l'Iliade tout entière renfermée dans une coquille de noix, (preuve, soit dit en passant, que les anciens connaissaient le microscope, car à l'œil nu on n'aurait pu ni tracer de tels caractères, ni les déchiffrer). Chez nous, l'imprimerie peut atteindre au même degré de finesse. M. Didot jeune a édité à Paris, en 1829, les maximes de la Rochefoucauld, en un petit volume dont chaque feuille d'un pouce carré (7 centimètres et demi), renferme 26 lignes de 44 lettres chacune. Etant donné ces proportions, on pourrait renfermer l'Iliade d'Homère, sur une feuille de papier formant un carré de 15 pouces (41 centimètres). L'Iliade se compose de 15,210 vers, et chaque vers d'une moyenne de. 33 lettres. D'après un calcul très-simple, on trouvera que l'un des côtés d'une feuille de cette dimension peut contenir 20 colonnes de 390 vers ou 7,800 vers. Le verso en contenant autant, on obtiendra 390 vers de plus que n'en contient l'Iliade.

La Plume. 693. m s v.

La Plume, sous d'Herstall, s'offre aux hommes savants.

La plume à écrire fut mise en usage par des moines au sixième siècle, du temps de 'Pépin d'Herstall. On se servait jusque là de roseaux trempés dans des encres de diverses couleurs, pour écrire sur du parchemin, et l'on faisait, sur les marges, des enluminures naïves, dont les rares débris sont de nos jours d'un prix inestimable. La substitution de la plume au roseau ne fut pas un progrès sans importance. La plume, plus souple, rendit l'écriture plus agile; on écrivit davantage; il y eut plus de manuscrits.

Les manuscrits des auteurs latins et des auteurs grecs étaient en grande abondance dans la Gaule, du temps de la domination romaine. Tout cela disparut dans le saccage que firent des villes les invasions des barbares. Ce furent les moines qui se mirent plus tard à la recherche de ce que le fer et la flamme avaient pu épargner. C'est grâce à leurs laborieuses recherches que des exemplaires des manuscrits anciens furent retrouvés et recueillis dans les couvents, où l'on s'appliqua à les recopier; mais cette besogne était bien lente, eu égard à la difficulté de se procurer du papyrus et à l'imperfection des moyens d'écrire; aussi les manuscrits ne purent-ils pas se multiplier assez pour être à bon marché. On y attachait des prix fabuleux. Au xie siècle, dit un savant libraire, M. Hébrard, nous voyons une comtesse d'Anjou acheter un recueil d'Homélies (sermons) en échange de 200 brebis, d'un muid de froment, d'un muid de seigle, d'un muid de millet et d'une certaine quantité de peaux de martre. Quand on voulait obtenir l'autorisation d'avoir chez soi, pour quelque travail, un manuscrit d'une bibliothèque de la paroisse, il fallait être cautionné par deux riches bourgeois, et le cautionnement mettait en jeu leur fortune.

Le Papier de linge. 1254. d l g.

La pâte de chiffon fait le Papier de linge.

Le papier de linge commença à être fabriqué en France, dès la seconde moitié du XIIIe siècle. Depuis longtemps, les Arabes connaissaient la fabrication du papier de coton cru. Les Français ayant appris leurs procédés, les perfectionnèrent. Au lieu de se servir de la matière végétale crue, ils imaginèrent d'user de chiffons. Ces chiffons hâchés, bouillis dans l'eau et maintenus ensuite dans une sorte de fermentation, étaient ainsi amenés à former une pâte propre à être convertie en papier.

Grand progrès. — Le papier multiplia les manuscrits en attendant la découverte de l'imprimerie, qui devait donner une immense impulsion à la papeterie. Le XIIIe siècle fut le siècle des universités et des étudiants qui accouraient à Paris par milliers, du fond des provinces : l'invention du papier rendit aux étudiants un service immense, en mettant à leur disposition le moyen d'avoir des cahiers sur lesquels ils transcrivaient l'enseignement oral des maîtres.

L'Imprimerie. 1452. g l d.

L'Imprimerie au loin va propager l'idée.

L'art d'imprimer fut par rapport à l'art d'écrire ce que la vapeur a été, depuis, par rapport aux moyens de locomotion usités auparavant. On assigne diverses dates à l'invention de l'imprimerie; cela tient aux diverses phases par lesquelles elle a passé avant d'arriver à son éclosion. Comme presque tous les inventeurs, Guttenberg, né à Strasbourg ou à Mayence, commença par dépenser toutes ses ressources à ses premiers essais; puis il eut mille maux à s'en procurer de nouvelles, mille peines à trouver des hommes assez intelligents pour comprendre son idée et lui venir en aide; mais il avait le feu sacré du génie, et rien ne le rebuta. 1452 *est la date authentique de l'association fondée entre* **Guttemberg**, *Faust et Schœffer, qu'on s'accorde à considérer comme les trois inventeurs de l'imprimerie*, en donnant la première place au génie créateur de Guttemberg. « Faust, dit Arnal de Bergel, inventa les moules auxquels la postérité donna le nom de matrices. Il fut le premier qui fondit dans l'airain les lettres, ces signes de la parole, qu'on pouvait réunir en combinaisons indéfinies.

(Les anciens avaient, eux aussi, des lettres avec lesquelles on pouvait former « des combinaisons de mots indéfinies. » C'étaient des lettres en ivoire dont ils se servaient pour enseigner à lire aux petits enfants. Qu'un homme eût l'idée de noircir ces lettres et d'en prendre l'empreinte sur une étoffe, sur un morceau de papyrus, et l'imprimerie était trouvée).

Des discussions s'élevèrent entre les associés; la Société fut dissoute, et Faust et Pierre Schœffer cherchèrent à faire oublier Guttemberg; mais Jean Schœffer, fils de Pierre Schœffer, reconnut lui-même, après la mort de son père, les titres de Guttemberg à la gloire qu'on avait voulu lui ravir.

Dédiant à l'empereur Maximilien un exemplaire d'un Tite-Live traduit en allemand, qu'il venait d'imprimer, Jean Schœffer déclara, dans la *Dédicace*, « que l'art ad-

« mirable de la typographie avait été conçu par l'ingé-
« nieux Guttemberg, à Mayence, et postérieurement
« amélioré et propagé pour la postérité par les capitaux
« et les travaux de Jean Faust et de Pierre Schœffer. »
Toujours est-il, hélas! qu'en 1465, Guttenberg manquait de pain. Le Prince archevêque de Mayence lui donna un asile. Il mourut en 1468, et ses instruments et son matériel passèrent aux mains du docteur Conrad Homéry, qui s'engagea, par acte, à imprimer à Mayence seulement, et nulle part ailleurs. On sait quelle a été depuis la destinée de l'imprimerie.

LA VAPEUR.

Les anciens n'ont jamais connu la vapeur considérée comme force motrice. Tout au plus ont-ils cru entrevoir quelques-uns des effets qu'elle peut produire. Ainsi, Aristote et Sénèque attribuent les tremblements de terre à la transformation subite de l'eau en vapeur, mais rien n'indique qu'ils aient eu le moins du monde l'idée qu'on pût faire de la vapeur un usage scientifique et industriel. Règle générale, d'ailleurs : l'esprit des anciens n'était point tourné vers les études scientifiques et industrielles qui ont pour but la découverte et l'emploi des forces de la nature. Les sociétés anciennes, fondées sur l'esclavage trouvaient dans les bras des esclaves des forces suffisantes pour les travaux dont elles avaient besoin.

Un philosophe célèbre de l'antiquité, Aristote, disait : « L'esclavage sera aboli, le jour où le fuseau et la navette marcheront seuls, » et il disait cela ironiquement, comme d'une chose aussi impossible que de « prendre la lune avec les dents. » Cependant, ce temps est arrivé; le fuseau et la navette marchent seuls, et aussi bien d'autres choses autrement lourdes et difficiles à mouvoir, et la gloire en appartient tout entière au monde moderne. La vapeur est la grande force avec laquelle s'opèrent ces merveilles. En général, on est d'accord qu'il faut arriver jusqu'à Salomon de Caus, pour trouver l'indication d'une machine à vapeur propre à opérer des épuisements.

Cela est vrai; mais serait-il juste d'oublier l'*orgue à vapeur* de Gerbert? Serait-il juste d'oublier après Gerbert le moine franciscain Roger Bacon, qui écrivit un ouvrage *sur les secrets de l'art* et *de la nature*, dans lequel il est dit expressément: «L'art peut construire des instruments de navigation tels que les plus grands vaisseaux gouvernés pa un seul homme, parcourront les fleuves et les mers avec plus de rapidité que s'ils étaient remplis de rameurs. On peut aussi faire *des chars qui, sans le secours d'aucun animal, conrront avec une incommensurable vitesse.*» Ce n'était là qu'un pressentiment, mais il était fondé très-probablement sur quelque expérience vague, incertaine, incomplète, confuse, mais suffisante pour être un trait de lumière. Et qui sait si ce ne sont point « *ces traits de lumière* » qui mirent Salomon de Caus sur la voie de ses recherches? N'oublions point aussi qu'une invention, quelle qu'elle soit, n'est jamais une œuvre individuelle. Elle dépend de l'état général des connaissances, et n'est le plus souvent que le résultat des progrès accomplis et de travaux antérieurs (1).

(1) Ch. Gaumont. Inventions et découvertes.

L'Orgue à vapeur. 978. s n r.

Gerbert par la Vapeur enfle l'Orgue sonore.

Gerbert, abbé du xe siècle, qui devint pape sous le nom de Sylvestre II, introduisit l'Orgue dans le culte chrétien, et voici un document singulièrement curieux et nouveau, même pour bien des savants, qui constate l'*emploi de la vapeur par Gerbert*. Ce document est d'un chroniqueur du xe siècle, Malmesbury, lequel dit expressément : *Aquæ calefactæ violentia ventus emergens, implet concavitatem barbiti*. Traduction littérale : *Le vent émergeant par la violence de l'eau chauffée, remplit la concavité de l'instrument*. Ce document, longtemps inaperçu, est consigné dans le très-savant et très-précieux *Dictionnaire des sciences et des arts*, de Vorrepierre.

Les Romains connaissaient l'*orgue à soufflet*. Ils l'appelaient l'*hydraule*, et ce mot indique que le mouvement du soufflet était produit par un certain mécanisme hydraulique, c'est-à-dire par la force de l'eau, mais non point de l'*eau chauffée*, ce qui bien est différent. Les Romains plaçaient l'hydraule dans les grandes enceintes, au Cirque, dans les théâtres. Les gladiateurs combattaient au son de l'hydraule, et l'Eglise, jusqu'au xe siècle, avait différé d'admettre cet instrument dans le culte, à cause des usages profanes auxquels il avait servi chez le païens. Voici une description très-pittoresque de l'hydraule romain par l'empereur Julien : « Je vois d'ici une forêt de tuyaux; ils ont pris racine « dans un sol de bronze. Leurs sons bruyants ne sont « point produits par notre souffle; mais le vent s'élan- « çant d'une outre formée de peau de taureau, pénètre « dans les conduits, tandis qu'un artiste habile promène « ses doigts agiles sur les touches qui y correspon- « dent. »

Roger Bacon (la vapeur). 1292. d s t.

Bacon de la Vapeur pressentit le destin.

Roger Bacon, moine franciscain, mort en 1292, eut le pressentiment de l'application qu'on pourrait faire un jour de la vapeur. Il dit expressément : « L'art peut construire des instruments de navigation tels, que les plus grands vaisseaux, gouvernés par un seul homme, parcourront les fleuves et les mers avec plus de rapidité que s'ils étaient remplis de rameurs. On peut aussi faire des chars qui, sans le secours d'aucun animal, courront avec une incommensurable vitesse. »

C'était là de simples conjectures, mais elle était certainement fondée sur des expériences qui avaient révélé à Bacon la puissance de la vapeur. Bacon connut également l'art de fabriquer de la poudre, et il pressentit en ces termes le canon.

« Une faible quantité de matière préparée, produit une horrible explosion accompagnée d'une vive lumière. On peut agrandir ce phénomène jusqu'à détruire une ville et une armée. »

Salomon de Caus. 1615. m b l.

Caus décrit la Vapeur comme force mobile.

Salomon de Caus est le premier qui ait formulé une théorie de la vapeur comme « force mouvante. »

On a mis en vers et en prose, une légende qui fait mourir Salomon de Caus, fou à Bicêtre, où il aurait été enfermé par ordre de Richelieu. Cette légende est une fable pure. Comme on l'a fait observer avec raison, le martyrologe des inventeurs méconnus, persécutés, ruinés, morts à la peine, est assez long sans qu'on le complique encore d'infortunes imaginaires.

On a, au sujet de Salomon de Caus, des renseignements certains, et l'on y voit qu'en 1613 il était en Bavière, attaché en qualité de professeur de dessin à la princesse de Galles. On a de lui, à la date de 1615, un ouvrage intitulé : *La Raison des forces mouvantes, avec diverses machines aussi utiles que plaisantes.* Ce livre renferme un théorème ainsi conçu : *l'eau montera à l'aide du feu, plus haut que son niveau*, et l'auteur propose la construction d'une *machine à opérer des épuisements, mue par la force élastique de la vapeur.* Rien n'indique que cette machine ait été construite de son temps.

Papin. 1687. m r n.

La Vapeur de Papin : l'Escaut : les mariniers.

Cette formule fait allusion à une dramatique mésaventure de Papin (de Blois), considéré par Arago comme le véritable inventeur de la première machine qui ait fonctionné à l'aide de la vapeur. Papin, passé à l'étranger à la suite de la Révocation de l'Edit de Nantes, fit sur l'Escaut (ou sur le Véser) (1) l'épreuve d'une machine appliquée à la navigation. Son expérience parut si concluante aux mariniers, qu'ils prirent l'alarme à l'idée que cette merveille allait ruiner leur industrie, et ils brisèrent à coups de rames la machine de Papin.

Ce grand inventeur finit ses jours en Angleterre, vivant de quelques aumônes péniblement arrachées à la Société royale de Londres dont il était membre, et qui l'employait à des travaux bien au-dessous de son génie. L'année de sa mort est ignorée, mais sa mémoire est immortelle.

(1) Il y a à ce sujet des versions différentes.

Newcomen. 1706. n k m.

La Machine pratique est due à Newcomen,

Un forgeron de Darmouth, Newcomen, muni de moyens d'exécution que Papin n'avait pas, construisit une machine à vapeur qu'on peut considérer comme la *première machine à vapeur pratique* qui ait existé. Il est reconnu que Papin n'était point parvenu à *faire suffisamment le vide sous le piston*, à l'aide de la poudre. Il s'agissait de vaincre cette difficulté, *de faire le vide*. Newcocomen y parvint vers 1706, en enveloppant le corps de pompe d'un cylindre, où il introduisait un jet d'eau froide qui condensait immédiatement la vapeur sous le piston.

La machine du forgeron de Darmouth n'était encore qu'un énorme engin mécanique condamné à la fixité, et bien différent de nos élégantes locomobiles, qui se transportent partout si aisément et rendent de si grands services à l'agriculture. Cependant, un très-grand nombre d'industriels anglais en construisirent de semblables qui furent utilisées pour l'épuisement des eaux. Vers 1750, il y avait une machine de Newcomen assez puissante, pour servir à la distribution des eaux de la ville de Londres.

Watt, 1769. n m s:

Watt, par son Condenseur, isole, économise.

Watt, célèbre mécanicien anglais, inventa le *condenseur* isolé, qui permit de réaliser une économie des trois quarts du combustible employé jusque-là par Newcomen. Les propriétaires des mines de Cornouailles achetèrent à Watt ses droits d'inventeur, pour la somme de 60,000 fr. par an. Ils en économisaient 180,000.

Watt était fils d'un instituteur de Greenok, en Écosse. De seize à vingt ans, il fit son apprentissage dans un petit atelier où l'on fabriquait des instruments de physique. Il eut de cruels tourments et de durs labeurs au commencement de sa carrière, mais il eut le bonheur de trouver des associés intelligents et il vit la fortune lui sourire. L'Institut de France le nomma, en 1814, un de ses huit associés étrangers (1).

Jouffroy. 1783. n r v.

Jouffroy mit la Vapeur sur la Saône ravie.

Jouffroy fit la première expérience *concluante, pratique*, de la vapeur, sur la Saône, aux applaudissements de 10,000 spectateurs; mais la France ne ne se laissa pas moins devancer par l'Amérique.

Fulton. 1807. r k n.

Fulton fit le Clermont, épreuve américaine.

Fulton, ingénieur américain, fit en Amérique, vingt-quatre ans après Jouffroy, l'épreuve que Jouffroy avait faite en France. Le 8 août 1807, il lança sur la rivière de l'Est, à New-York, le bateau à vapeur *le Clermont*.

Le public n'avait pas assisté sans incrédulité aux expériences de Fulton. « On assure qu'un seul voyageur osa se présenter, lors du premier voyage du *Clermont*. Lorsqu'il remit le prix de son passage à l'illustre inventeur, celui-ci ne put retenir ses larmes. C'était le premier dédommagement qu'il recevait de peines et de travaux infinis. » Le lendemain de l'expérience, les Américains, gens plus pratiques que nous, adoptèrent la navigation à vapeur; elle prit un développement immense et devint une des causes les plus puissantes de la

(1) L'Institut reçut Watt dans son aréopage, 1814.

prospérité du Nouveau-Monde. L'Angleterre suivit de près, et, trente ans plus tard, la vapeur sillonnait toutes les mers. Elle offre de tels avantages sous le rapport de la rapidité et de l'économie, qu'elle tend à faire disparaître la voile.

Mort de Sauvage. 1857, r 1 n.

Sauvage fait l'Hélice et meurt aliéné.

En 1857, date à remarquer, Frédéric Sauvage, l'inventeur de l'hélice simple, qui est le propulseur accepté aujourd'hui par toutes les nations du monde, mourut à Paris dans un hospice d'aliénés, et voici comment il était devenu fou : convaincu de la supériorité de son idée, il s'était ruiné en essais d'abord infructueux, et ses créanciers le firent enfermer pour dettes à Boulogne. Pendant ce temps-là, les Anglais construisirent, exprès, à Londres, le navire *le Ruttler*, pour expérimenter son système, et *le Ruttler* vint faire ses expériences dans le port même de Boulogne. Sauvage y assista des fenêtres de sa prison. Ce spectacle si déchirant pour un inventeur, le rendit fou. On cherche encore vainement son nom dans nos meilleurs dictionnaires historiques.

LA VAPEUR ET LES CHEMINS DE FER.

Jusqu'en 1829, on eut la vapeur appliquée à l'extraction de la houille, à la distribution des eaux et à divers usages industriels, avec la machine de Newcomen et la machine de Watt. On eut la vapeur appliquée à la navigation par Jouffroy en France et par Fulton en Amérique, mais on n'avait pas encore de locomotives, c'est-à-dire de machines capables de mettre en mouvement des wagons chargés de voyageurs et de marchandises. Le service de l'exploitation des houilles se faisait à l'aide de wagons traînés par des chevaux, et qui roulaient sur des ornières en bois, en fer ou en fonte. L'idée des chemins de fer, tels que nous les possédons, se présentait bien à l'esprit, mais on était préoccupé d'une foule de difficultés.

Seguin, 1er Chemin de fer Français. 1829. r t s.

Séguin, de nos wagons le premier artisan.

M. Séguin aîné, d'Annonay, est l'ingénieur dont la découverte provoqua la création des chemins de fer actuels. C'est M. Séguin qui construisit la première *chaudière à tubes*, forme particulière de chaudière à vapeur, dans laquelle la surface de chauffe étant extraordinairement étendue, permet de produire, dans un temps donné, la quantité de vapeur prodigieuse qui est nécessaire pour mettre en mouvement le poids énorme des wagons.

On sait que la force d'une machine dépend de la quantité de vapeur qu'elle peut recevoir. On peut affirmer que sans l'invention de la chaudière Séguin, la locomotion rapide sur les voies ferrées serait impossible. Le premier chemin de fer créé en France est celui de Lyon à Saint-Etienne en 1829. Il fonctionna avec la chaudière-Séguin.

Le premier rail anglais. 1830, r v k.

Le premier rail anglais traîne un mort en vagon.

Un accident de sinistre augure marqua l'inauguration du chemin de fer de Manchester à Liverpool, qui fut le premier rail-way anglais. M. Huskisson, ministre du commerce, venu pour présider à la solennité, eut l'imprudence de monter sur un wagon en vitesse : il fut renversé et traîné à une distance considérable. On le releva mort et à moitié écrasé.

Les directeurs du chemin de fer de Liverpool avaient ouvert un concours pour la construction d'un modèle de locomotive, entre tous les constructeurs de l'Angleterre. Le prix fut décerné à la locomotive la *Fusée* (the Rocket), de Robert Stephenson. *La supériorité de cette machine* sur toutes les autres, tenait à ce que l'*ingénieur anglais* avait adopté la *chaudière tubulaire de l'ingénieur français* Séguin.

ÉLECTRICITÉ.

On ne saurait avoir la prétention de donner des idées bien nettes sur l'électricité et sur la vapeur à des enfants qui n'ont pas encore appris les premiers éléments de la physique; tout au plus pourrons-nous leur inculquer, en passant, sur ces matières, quelques idées générales qui se développeront, qui prendront plus de consistance dans leur esprit, à mesure qu'ils avanceront dans leurs études. Mais nous leur ferons faire amplement la connaissance des savants illustres qui ont attaché leur nom à ces merveilleuses découvertes, et quand ils auront quelques données historiques sur Papin, Newcomen, Watt, Jouffroy, Fulton, Séguin, Galvani, Volta, etc., les noms de ces personnages, si souvent énoncés dans les livres et prononcés dans la conversation, leur inspireront un intérêt plus particulier, plus intime. Le désir de connaître est le commencement du savoir; aussi ces premières études auront-elles obtenu le principal résultat que nous en attendons, si le peu qu'elles doivent enseigner éveille chez nos élèves la curiosité d'en apprendre davantage.

Dufay. 1728. n t r.

Dufay — de l'Electro fit une théorie.

Dufay, savant naturaliste français, directeur du Jardin des Plantes, avant Buffon, est le premier qui démontra que le corps humain renfermait de l'électricité.

Pour le démontrer, Dufay construisit une machine bien simple : elle consistait en une petite plateforme, soutenue en l'air par des cordons de soie, pour l'isoler. Il se plaçait sur cette plateforme, et il se faisait toucher avec un gros tube de verre fortement échauffé par le frottement. Son aide, l'abbé Nollet, tirait de vives étincelles quand il approchait son doigt de la jambe de Dufay. Dufay était électrisé, et cette électricité se manifestait par des étincelles.

L'abbé Nollet continua plus tard les travaux de Dufay, son maître, et acquit lui-même une grande célébrité dans le monde savant.

Le Paratonnerre. 1752. n l d.

Franklin le découvrit, Romas en eut l'idée.

Franklin, illustre savant Américain, découvrit que « la foudre était analogue à l'électricité », c'est-à-dire qu'il y avait de l'électricité dans la foudre, et il le prouva, en inventant le paratonnerre.

On apprendra, en physique, que le paratonnerre a la propriété de dégager lui-même une électricité contraire à celle des nuages, une électricité qui *neutralise* l'électricité des nuages. C'est donc une grossière erreur, prenons-en bien note, de croire comme on le croit trop communément, que le paratonnerre a la propriété d'attirer le feu du ciel et de le conduire dans des puits ou dans des eaux courantes, pour l'y éteindre (1).

Notons aussi, pour l'honneur de notre pays, qu'en même temps que Franklin fesait sa découverte en Amérique, un savant français, Romas, de Nérac, faisait la même découverte, de son côté, sans connaître les travaux du savant américain. Aux portes même de Nérac, devant des milliers de spectateurs, Romas envoyait vers les nuages orageux, un cerf-volant électrique, c'est-à-dire un cerf-volant armé d'une pointe métallique, et de la corde du cerf volant, autour de laquelle était enroulé un fil de cuivre, il tirait des étincelles qui éclataient comme de coups de pistolets. L'idée du paratonnerre était en germe dans les expériences, mais l'Amérique encouragea Franklin, et la France n'encouragea pas Romas. L'Amérique adopta sur le champ le paratonnerre avec enthousiasme. La France et même l'Angleterre ne l'adoptèrent que beaucoup plus tard.

Galvani 1786, n r m.

La grenouille au crochet de Galvani remue.

Galvani était professeur d'anatomie à Bologne. Comme Dufay, comme Franklin, comme Romas, il étudiait avec sollicitude les phénomènees de l'électricité.

Un jour, voulant se rendre compte de l'action de l'électricité atmosphérique sur le corps d'un animal, il disséqua une grenouille, lui passa un fil de cuivre à travers la moelle épinière et l'accrocha à la balustrade de fer de son balcon. Le soir venu, ne voyant rien se produire, il frotta vivement, dans un mouvement d'impatience, le crochet de cuivre contre le fer de la terrasse, et aussitôt il s'aperçut que les muscles de la gre-

(1) Louis Figuier.

nouille se contractaient, comme si elle était vivante ; les contractions se renouvelaient toutes les fois qu'en se balançant, le crochet de cuivre venait toucher le fer de la terrasse. Or, il n'y avait en ce moment, dans l'air, *aucune électricité*. Galvani conclut que les contractions de la grenouille étaient l'effet d'une électricité *qui résidait dans le corps de l'animal*. Cette découverte fit un grand bruit dans le monde savant. Il sembla acquis qu'il y avait une *électricité animale*. Peut-être n'avait-on pas tort ; mais un savant physicien prouva qu'il y avait autre chose que Galvani n'avait pas remarqué.

Volta. 1700. r k q,

Volta : Pile électrique : un grand secret conquis.

Volta, italien, compatriote de Galvani, soutint que les contractions des muscles de la grenouille, au lieu d'être l'effet d'une électricité propre à l'animal, étaient l'effet d'une électricité produite par le frottement du crochet de cuivre contre le fer de la balustrade. De là deux partis, les galvanistes et les voltaïstes, et une grande querelle qui dura quatorze ans. Galvani soutenait son système, mais Volta foudroya ses adversaires par une démonstration sans réplique : il combina la fameuse Pile de Volta.

La pile de Volta est composée uniquement de rondelles de cuivre ou d'argent, appliquées chacune à une pièce de zinc avec un nombre égal de rondelles de carton imbibées d'eau salée. La réunion de ces éléments a pour effet de dégager une électricité qui s'accumule aux deux pôles, c'est-à-dire aux deux extrémités de la pile (1).

(1) Cette découverte ne prouvait pas absolument que les

Cette expérience de Volta, à la suite de Galvani, révélait, comme on le voit, une électricité nouvelle, un courant continu susceptible d'être dégagé de la matière, de devenir une force d'impulsion, une force mécanique, applicable à l'industrie. On l'appela l'*électricité dynamique*, comme on appelle l'eau qui fait mouvoir le moulin, par exemple, l'*eau courante*. L'électricité découverte par Dufay et par Noblet, qui était déterminée par le frottement, s'appela l'électricité *statique*, comme on appelle l'eau au repos : l'*eau stagnante*.

Le télégraphe Chappe, 1793, n s v.

Chappe correspondait par des signaux savants.

Pendant la querelle des Galvanistes et des Voltaïstes, beaucoup de physiciens en France, en Espagne, en Allemagne *conçurent* l'idée de faire servir le fluide électrique à la télégraphie ; mais l'électricité *statique*, telle qu'on pouvait l'obtenir, n'avait pas assez de puissance pour rendre un tel service. Ce fut sur ces entrefaites que l'abbé Claude Chappe inventa un système parfait de correspondance télégraphique *non électrique*, à l'aide de signaux aériens. Le télégraphe Chappe fut adopté en France, à partir de 1793, et se propagea dans l'Europe entière.

Le télégraphe Morse, 1832, r f d,

Morse : appareil nouveau sur l'électro fondé.

La pile de Volta fut suivie, à vingt ans de dis-

muscles des animaux ne renferment pas une électricité qui leur soit propre : des expériences contemporaines ont reconnu l'existence d'un courant d'électricité dans les muscles et les nerfs des animaux.

tance, de la découverte de l'*électro-aimant*, ou électro-magnétisme, par le physicien danois OErstedt. L'électricité agissant sur les corps aimantés devint la source d'une foule de découvertes nouvelles, et en première ligne, du télégraphe électrique. Samuel Morse, à l'aide de l'électro-aimant, imagina l'appareil de Morse, qui écrit lui-même les dépêches qu'il envoie, et qui fonctionne aujourd'hui dans les principaux États de l'Europe. Morse fit sa découverte le 19 octobre 1832, à bord du navire le *Sully*, en retournant de France en Amérique. Le télégraphe Chappe disparut.

Le Télégraphe transatlantique. 1858. r l r.

Deux mondes par un fil de fer se relièrent.

C'est en 1858 que fut faite la tentative grandiose de relier, par un câble sous-marin, l'Europe et le continent américain. Ce câble avait huit cents lieues de longueur ; il était formé de sept fils de cuivre, tordus ensemble, et protégés par une enveloppe de gutta-percha et de fil de fer.

On réussit parfaitement à jeter ce cable au fond de l'Océan, entre l'Irlande et l'île de Terre-Neuve, en Amérique, mais il ne put transmettre que pendant quelques jours le courant électrique.

DÉCOUVERTES GÉOGRAPHIQUES.

Découverte de Madère. 1419. g b s.

Madère voit Vasco sur sa plage embossé.

L'île de Madère fut découverte on 1419 par des marins portugais, dont les principaux étaient *Zarco*, Gonzalès, Texeira, etc.

Découverte de l'Amérique. 1492. j s t.

Colomb à l'Amérique eût fait un nom plus juste.

Christophe Colomb découvrit l'Amérique en 1492. Un aventurier venu plus tard donna son nom à la découverte de Colomb, qui eût été plus justement appelée : Colombie.

Découverte du Brésil. 1500. l k k.

Par Alvarez Cabral, le Brésil est conquis.

Cabral, navigateur portugais découvrit le Brésil. Le Portugal, pendant longtemps, fit du Brésil un lieu de déportation.

Découverte de la Guinée. 1380. f r q.

Dieppe découvrit la Guinée, en Afrique.

Durant la dernière année du règne de Charles V (1380), des marins de Dieppe découvrirent la côte de Guinée, en Afrique, d'où ils rapportèrent de la poudre d'or et de l'ivoire.

Le Cap de Bonne-Espérance. 1497. g s n.

Vasco doublant le Cap, montre un courage insigne.

Le Cap de Bonne-Espérance était appelé le *Cap des Tempêtes*, à cause des dangers terribles qu'il offrait aux navigateurs. Le Portugais Vasco de Gama, le premier, eut le courage de l'affronter ; il doubla le Cap et ouvrit ainsi un passage vers les Indes qui furent explorées à sa suite par les Portugais et les Hollandais.

Découverte du Mexique. 1519 l p s.

Le Mexique : Cortez le torture et l'épuise.

Fernand Cortez découvrit le Mexique sous Charles-Quint et s'en empara. Par malheur pour sa gloire, il souilla cette belle conquête par d'horribles cruautés. Délaissé vers la fin de sa vie, il mourut dans la misère.

Découverte de la Chine, 1518. 1 b r.

De l'Empire chinois on explore les bords.

Vers 1518, des marins portugais abordèrent pour la première fois, en Chine, et firent quelque commerce avec les indigènes.

Découverte du Japon. 1541. 1 J p.

Les marins portugais explorent le Japon.

Après la Chine, on ne tarda pas à découvrir le Japon. Saint François Xavier mourut au moment d'y pénétrer à la suite des Portugais. Après lui, des missionnaires plus heureux y portèrent l'Evangile.

RÉCAPITULATION DES FORMULES.

325. **Les Cloches** à l'Église appelent les fidèles.
498. **Le Moulin**, sous Clovis, tourne déja sa roue.
628. **Saint Éloi** : Dagobert : un diadème d'or.
823. **L'Alambic** en ses flancs forme l'esprit de vin,
932. **Le Chanvre** de Creton file un tissu vanté.
981. **Le Chiffres** ne sont point de provenance arabe.
1022. **De la Gamme**, par Guy, la musique est dotée.
1052. **La noblesse** se ruine en Tournois éclatants.
1059. **Le plein-cintre** Roman domine dans l'Eglise.
1182. **Mandat**, lettre de change, inventions lombardes.
1182. **L'Ogive**, arc gracieux sur la pierre brodé.
1285. **La Foi** couvre le sol de blanches cathédrales.
1325. **L'Étamage** aux miroirs prête un reflet fidèle.

1336. **Le Canon**, c'est la mort qu'un tube en **feu vomit.**
1347. **Le Tambour**, par l'Anglais, à Calais **vint chez nous.**
1394. **Les Cartes** — d'un roi fou dérident le **visage.**
1436. **Gobelin**, teinturier de lainages **fameux.**
1455. **En Peinture**, Van Eyck trouve et propage **l'huile.**
1527. **Le Mousquet : un** canon, un chien, une **platine.**
1540. **La Dentelle** paraît venir de la **belgique.**
1562. **Nicot** mit chez les grands le **Tabac à la mode.**
1598. **Le Mûrier** cultivé nous donne la **Soierie.**
1652. **Les Carosses** encor ne servent qu'aux **malades.**
1656. **Café**, j'aime les feux que ton arôme **allume.**
1672. **Lulli** rend à Quinault ses poëmes **notés.**
1680. **Le Canal** des Deux Mers, par **Adam** et **Riquet.**
1783. **Montgolfier**, le premier, dans les airs **nous ravit.**
1783. **Le mouton** Mérinos par l'Espagne **arriva.**
1815. **Jacquart**, perfectionné par un **tisseur habile.**
1828. **L'Omnibus**, véhicule offert **aux roturiers.**
1833. **Le Puits** artésien creuse la craie **à vif.**
1839. **Le Daguerréotype : œuvre ravie aux cieux.**
1847. **L'Éther** livre au scalpel la douleur **enchaînée.**
1369. **Le suif** sert à former la Chandelle **fumeuse.**
1786. **L'éclairage** au Quinquet **eut un succès énorme.**
1800. **Les lampes** de Carcel détrônèrent **quinquet.**
1814. Le Bon trouva le **gaz**, Winsor le **propagea.**
1858. **L'Amérique** en se flancs **trouva** les pétrolières.
1180. **La Boussole** à travers les flots guide **la barque.**
1290. **La Lunette** à nos yeux prête un lumineux **disque.**
1628. **Galilée** inventa, dit-on, le thermomètre.

1647. **Baromètre**, instrument que Pascal i**ma**gine.
1652. **Télescope Zeuchi** : grossissement lointain.
1786. **Herschell** fit aux Anglais un télescope **énorme**.
1369. **Vic** fit pour Charles V une horloge **fameuse**.
1672. **Le pendule** d'Huyghens précise les **minutes**.
1758. **L'Horloge** d'Harrisson aux marins donne **l'heure**.
1356. **Les vitres** du soleil vulgarisent la **flamme**.
1128. **L'art du maître** Verrier s'élève à l'art du **peintre**.
1539. **Palissy** trouva l'art d'émailler **la** faïence.
1744. **Porcelaine** et dragons en Pologne é**changé**s.
1765. **Le kaolin** durcit la porcelaine **molle**.
693. **La plume** sous d'Hertall s'offre aux **hommes** savants.
1254. **La pâte** de chiffon fait le Papier **de linge**.
1452. **L'imprimerie** au loin **va** propager **l'idée**,
978. **Gerbert** par la **vapeur** enfle l'Orgue sonore.
1292. Bacon de la **Vapeur** pressentit le **destin**.
1615. Caus décrit la **Vapeur** comme force **mobile**.
1687. **La Vapeur** de Papin : l'Escaut : les **mariniers**.
1706. La **Machine** pratique est due à **Newcomen**.
1769. **Watt**, par son Condenseur, isole, économise.
1783. **Jouffroy** mit **la** vapeur sur la Saône **ravie**.
1807. **Fulton** fit le Clermont, épreuve américaine.
1857. Sauvage fait l'**Hélice** et meurt aliéné.
1829. **Séguin**, **de nos wagons**, le premier **art**isan.
1380. **Le premier rail** anglais traîne un mort en **vagon**.
1728. **Dufay** de l'électro fit une **th**éorie.
1752. **Franklin** le découvrit, Romas **en** eut **l'i**dée.
1786. **La grenouille** au crochet de **Galvani** remue.

1700. **Volta** : Pile électrique : un grand secret conquis.
1793. **Chappe** correspondait par des signaux savants.
1832. **Morse** : appareil nouveau, sur l'électro **fondé.**
1858. **Deux mondes** par un fil de fer se **r**elièrent.
1419. **Madère** voit Vasco sur sa pl**age** em**bos**sé.
1492. **Colomb** à l'**Amérique** eût fait un nom plus **juste.**

DÉCOUVERTES GÉOGRAPHIQUES.

1500. Par Alvarez Cabral le Brésil est **co**nquis.
1380. **Dieppe** découvrit la Guinée en **Afrique.**
1497. **Vasco** doublant le Cap, montre un coura**ge** insigne.
1519. **Le Mexique** : Cortez le torture et l'**épuise.**
1518. **De l'Empire** chinois on explore les **bords.**
1541. **Les marins** portugais découvrent le **Japon.**

FORMULE SUPPLÉMENTAIRE.

La Machine à Coudre. 1828. r d r.

Thimonnier, le premier, fit le Couso-brodeur.

La machine à coudre, dont les Américains s'attribuent l'invention, a été inventée, en réalité par Barthélémy Thimonnier, né à L'Arbresles Rhône), ouvrier tailleur Lyonnais. Dès 1828, il avait fait un *Couso-brodeur*, appareil a coudre mécaniquement, au point de chaînette. En 1830, il prit un brevet. Il mourut misérable. Lyon lui prépare une statue.

Typ. A. Parent, rue Monsieur-le Prince, 29 et 31.

MNÉMONIE CLASSIQUE

OUVRAGES DES MÊMES AUTEURS :

Histoire de France. 1 vol. in-16, cartonné. 1 fr. 50
Histoire de l'Église. 1 vol. » » 1 fr. »
Histoire de la Littérature Française. 1 vol. in-16, cartonné........................ 1 fr. »
Histoire des Inventions et Découvertes. 1 vol. in-16, cartonné........................ 1 fr. »

Les quatre volumes ensemble............. 4 fr. »

En préparation, **pour paraître à Pâques :**

LE LIVRE DU MAITRE

Cet ouvrage présente, *sur une colonne,* le Livre de l'élève, et, *sur une autre colonne,* en regard, le *Questionnaire de la leçon du jour* et tous les développements qu'elle comporte, à tous les points de vue, de manière à épargner toute recherche et à placer sous la main de celui qui enseigne tout ce qui peut faire l'objet d'une question.

Paris. — Typ. A. Parent, rue M.-le-Prince, 29-31.

www.ingramcontent.com/pod-product-compliance
Ingram Content Group UK Ltd.
Pitfield, Milton Keynes, MK11 3LW, UK
UKHW021642260726
13994UKWH00003B/1243